KB170790

엄마의 사랑을 가슴에 품고

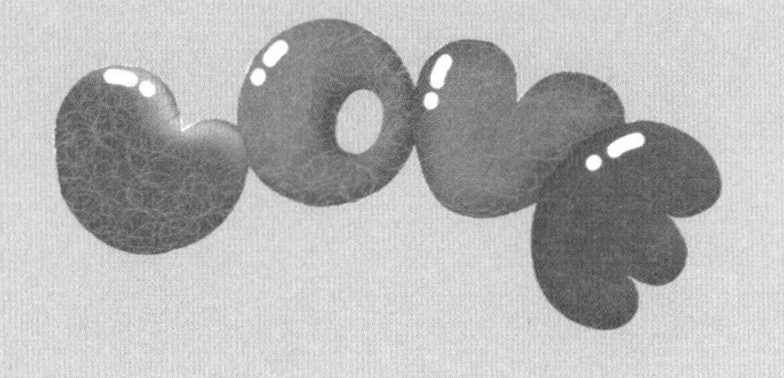

엄마의 사랑을 가슴에 품고

초판1쇄 발행 · 2021년 06월 04일

지은이 · 이종덕
펴낸이 · 이종덕
펴낸곳 · 비전북하우스

교 정 · 이현아
디자인 · 이상윤
표 지 · 이상윤
공급처 · 도서출판 소망사
전 화 · 031-976-8970 팩 스 · 031-976-8971

등 록 · 제 2009-8호(2009. 05. 06)
주 소 · 01433 서울시 도봉구 해등로25길 41
전 화 · 010-8777-6080
이메일 · ljd630@hanmail.net

정 가 · 10,000원
ISBN · 979-11-85567-32-7 03810

엄마의 사랑을 가슴에 품고

이종덕

들어가면서

어머니!

몇 수 되지 않지만 한 글자에 어머니의 희생이, 한 글자에 어머니의 사랑이, 한 글자에 어머니의 신앙이 묻어있기에 이것만을 쓰는 데에도 엄청 많은 눈물을 흘렸습니다. 사실 어머니의 희생과 사랑과 신앙의 만에 하나에도 미치지 못합니다.

그래도 살아생전 하셨던 어머니의 말씀과 삶의 모습으로 아들에게 주셨던 마음과 사랑과 교훈을 운문 형식의 '정형 시조'(3장 6구 4보격 12음보 43자로 완료) 255수로 써 보았습니다. 총 6부 중에서 5부는 어머니의 관점으로 썼고, 나머지 1부는 저의 다짐 형식으로 썼습니다.

생사생계를 위한 1년여 따로 살았던 것을 빼고는 90년을 함께한 어머니였습니다. 지난 30여 년은 아들과 며느리와 손

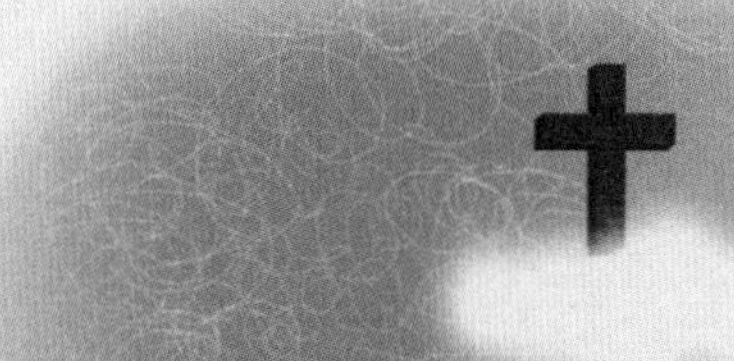

자와 손녀와 일심동체로 그리고 세상과 희로애락을 품고 살았습니다.

그 과정에서 어머니가 보여주셨던 모본과 교훈과 신앙의 모범을 졸필이지만 시조로 남겨서 대대로 그 가르침을 되새겨 따라야겠다는 마음으로 썼습니다.

오늘도 마음에 흐르는 눈물을 느껴봅니다. 어머니였기에 감사해서요. 어머니의 기도가 우리의 지금을 만들어놓으셨기에 감사해서요.

우리 가족 모두의 고백입니다.

"할머니! 사랑합니다."

"어머니! 감사합니다."

아들 이종덕 드림

추천사1

어머니의 삶의 자취

누구에게나 어머니 사랑에 대한 가슴 절절한 사연을 간직하지 않은 사람은 없으리라 생각됩니다. 하지만 그 어머니의 삶의 자취를 따라가며 그분으로부터 받은 사랑을 섬섬하게 글로 담아 옮기는 일은 그리 쉽지 않을 것입니다. 내가 만나본 많은 이들 가운데 그토록 다양한 분야에서 여러 가지 일들을 해내며 감사와 사랑과 열정으로 하나씩 하나씩 열매를 맺어나가는 이는 그리 많지 않았습니다.

그 흔치 않은 분, 그중 한 분이 바로 이 시조집의 시인이요 출간자이자 비전북하우스 대표이신 이종덕 목사님입니다. 지금 이 순간도 쉼 없이 후학들을 지도하기도 하면서 자신에게 주어진 삶에 기쁨을 가지고 감사함으로 활동하는 모습들을 보면서 나 역시 날마다 내 삶에 큰 도전을 반곤 합니다.

어머니를 천국으로 모셔드리고 그 가슴에 담아두었던 사연들에 깊은 사랑을 담아 이번에 시조집을 출간하게 되심에 다시 한번 축하의 인사를 드리며, 아울러 어머니를 가슴 속 깊은 곳에 보내드린 그 애절한 마음에 깊은 위로를 담아 본 시조집의 추천사에 대합니다.

김 병 구 박사

[(주) 에이스파트너즈 대표, 경영학 강연, 저술가]

추천사2

어머니의 인생 여정 대서사지

내가 지금 어디에 서 있어야 하는가를 생각하게 하는 대 단락의 시조 시집입니다. 어머니의 결혼에서 시작된 시는 일찍이 아버지를 만나 입대 전에 아이를 낳았고, 그로부터 시작된 인생의 여정은 마치 과거 이스라엘 민족이 애굽에서 나와 가나안으로 들어가는 일련의 여정과 너무도 흡사한 줄거리입니다.

아버지(남편)와의 사별로 시작된 가족사는 자식들을 굶기지 않으려는 의지로 30대 엄마가 동냥이라는 방법을 택할 수밖에 없는 처절함에서 시작되었고, 그 뒤로 영광과 고난의 연속극이 진행되었음을 보았습니다. 그 과정의 삶에서 처음 방 두 칸을 얻어 이사한 개봉동 지하방에 한 해에 홍수가 두 번이나 찾아와 지하방을 두 번이나 점령당하는 처참한 상황 속에서도 결국 하나님의 도우심을 기초로 해서 영광에까지 이르도록 잊지 않고 눈물로 기도한 어머니의 인생 여정 대서사시입니다.

처음 원고를 받아 읽는데 읽지 못하고 눈을 감고 한참을 생각했습니다. 그리고는 노 젖는 심정으로 또박또박 읽었습니다. 어려운 상황에서도 웃음도 주고, 눈물짓게도 하고, 힘을 주는 시조시라는 것을 결론으로 생각해보았습니다. 현대를 살아가는 우리 모두의 가슴에 있는 어머니, 그 누구의 일이 아닌 우리의 어머니이기 때문입니다
이미 아들은 하늘이 내린 효자였습니다. 일독을 두 손으로 권해드립니다. 행복과 감사가 찾아올 것입니다.

박 윤 옥 대표

[한양문학 대표, 통밀드림 대표, 블루베이 회장]

Contents

엄마의 사랑을 가슴에 품고

제1부

결혼에서 사투까지

1. 자녀들과 만남과 남편의 사별

2. 엄마란 힘으로

3. 질병과 사투

1. 자녀들과 만남과 남편의 사별

과년(瓜年)[1]에 이르러서 꽃 넘어 꽃이었지

여기서 미화(美花)로세 저기서 효녀(孝女)로세

동네의 이목 중심의 달(達)자 님(任)자 정달님

십대의 중간 숫자 새로운 인생 시작

쏟아진 축복 속에 솟아난 행복의 씨

매일의 행복의 지수 무한 창공 여행 중

큰소리 쩌렁쩌렁 울리는 울음소리

동네의 사람들의 귓속을 헤집더니

응애애 아가소리로 동네耳目 초대해

1) 논어(論語)의 위정편(爲政篇)에 나오는 나이의 이칭(異稱)으로 16세를 말하는데 혼기에 이른 여자의 나이를 말한다.

축제가 이런 건가 신나는 웃음소리
꽹과리 장구 소리 온 동네 하하호호
당당한 자신만만함 올라가는 어깨춖

우렁찬 울음소리 하늘의 선물인가
방년(芳年)[2]의 꽃다움에 가족이 출발하네
내 생의 평생 동지로 든든한 딸 감사해

세상을 품고 있듯 움직임 더디지만
마음엔 근심 걱정 없는 듯 가득하네
때늦은 나라의 부름 피치 못할 고생길

2) 논어(論語)의 위정편(爲政篇)에 나오는 나이의 이칭(異稱)으로 20세를 말하며, 꽃다운 나이를 말한다.

국가의 동원으로 남편은 입대하고
행복의 출발에서 험난의 문턱으로
가족의 흔들리는 삶 원망한들 뭐하리

어쩌다 휴가 오면 피하는 어린 딸과
안스런 만남으로 마음만 상처 되고
오호라 이러한 삶은 가족 간의 피멍만

파주의 미군부대 얼마나 멀었던가
힘들게 면회라고 가보니 가슴 먹먹
끌려간 칠 년의 이별 각본 없는 생고생

삶이란 연속선 위 불청객 손님 하나
군 복무 전역 후에 슬며시 찾아오네
남편을 위협하더니 자리 잡은 불치병

불청객 암덩어리 회유가 먹힐소냐
아이들 막아서도 갈수록 통증 확산
끝없는 아픔의 시간 눈물로써 보내네

이별과 사별이란 한 글자 차이인데
가야 할 인생행로 가는 길 천양지차
삼 년의 병시중 후에 찾아온 것 눈물뿐

흐르는 눈물의 양 대아리 점령하고
억눌린 아픈 마음 운암산 덮씌우네
하루가 스물네 시간 정답일까 아닐까

돌이란 생후 일 년 막내는 돌 전이고
내 나이 이립(而立)[3]인데 나갈 길 암담하네
울리는 가슴의 소리 삼녀 일남 눈물음(音)

십 년의 세월에서 칠 년을 빼앗기고
삼 년의 시간으로 연리지(連理枝)[4] 형성 못해
오호라 찾아온 괴롬 무엇으로 바꾸나

---

3) 논어(論語)의 위정편(爲政篇)에 나오는 나이의 이칭(異稱)으로 30세를 말하며, 마음이 확고하게 도덕 위에 서서 움직이지 않는 나이를 말한다.

4) 두 나무의 가지가 맞닿아서 결이 서로 통(通)한 것의 뜻으로 화목(和睦)한 부부(夫婦) 또는 남녀(男女) 사이를 비유하여 이르는 말

2. 엄마란 힘으로

인생길 가야 하는 망망한 대해 앞에
내 사랑 삼녀 일남 나룻배 태워놓고
내 한 몸 올려놓으니 보이는 것 노(櫓) 하나

앞으로 저어가니 파도가 막아서고
옆으로 돌아가니 가파른 낭떠러지
차라리 후진하려고 돌아보니 절망해(海)

이러면 괜찮을까 저러면 나아질까
앞뒤 옆 나갈 길은 꽉 막힌 동서남북
위에서 들려온 소리 새 인생의 이정표

내 딸아 이리 오렴 내 너를 사랑한다
네게 준 자녀들은 내가 준 선물이다
힘들고 어렵더라도 걱정하지 말아라

주님이 들려주신 귀하신 말씀으로
힘겨운 절망에서 기쁨의 소망으로
오 주님 감사합니다 힘을 다해 살게요

죽어도 주님이요 살아도 나의 주님
막혔던 신음 소리 확 뚫린 찬송으로
이제는 주의 것이니 모든 짐을 주님께

쌀독에 있는 쌀을 한 톨씩 세어보니
하나 둘 셀 수 있는 산술적(算術的) 개수이네
며칠을 굶어서인가 앞길마저 침침해

꼬르륵 특이한 음 낮익은 소리로다
이웃 간 불편함이 발길을 저 멀리로
반면식(半面識) 동냥(動鈴)[5]의 행위 자식 사랑 당당해

하루의 한 끼라도 굶기면 안 된다는
평소의 가진 철학 삶으로 실천하네
머리에 장사를 위한 판매 상품 올리네

5) 동냥(動鈴) : 거지나 동냥아치가 돈이나 물건을 구걸하는 일, 또는 그렇게 얻은 물건

산고개 넘어서니 찬바람 불어오고
비바람 몰아치니 걷기도 힘에 겨워
한두 번 넘어졌을까 숫자로는 불가산(不可算)

재 너머 신작로 길 하룻길 거리지만
상황은 예측불허 귀갓길 막아서니
험한 길 달려오느라 온몸에는 상처뿐

어쩌다 못한 귀가 밤새워 근심 걱정
주님이 지켜주심 확실히 믿지만은
한숨도 자지 못하고 꼬박 새운 긴긴밤

엄마를 기다리는 자식들 근심 소리
막내의 행동으로 거리를 예측하네
어딜까 던진 질문에 앞이마를 만지네

앞이마 건드리면 근거리 다가오고
뒷머리 만지면은 귀가가 불가능해
두세 살 어린 아들도 엄마 귀가 간절해

자식들 볼 때마다 내 눈은 폭포수로
마음은 여기저기 벌어진 가뭄의 논
끝없이 흘린 눈물로 갈라진 땅 적시네

3. 질병과 사투

바닥난 쌀통 걱정 오늘은 밭의 일로
한 푼의 갈급함이 내일은 모내기로
고통과 함께한 하루 희망 웃음 자식들

고생이 일상인데 바람은 오직 하나
네 명의 한 끼라도 건너지 않았으면
이 한 몸 죽어서라도 나의 자식 지키리

엎친 데 덮친 걸까 덮친 데 엎친 걸까
내게 온 질병인데 치료는 불가항력
천국에 나는 가지만 삼녀 일남 어쩌나

아파도 괜찮은데 죽으면 어떡하나
세상이 험악한데 새끼들 어찌할꼬
오늘도 허드렛일로 밥 한 끼를 채우네

내 한 몸 어찌 됐건 상관이 없습니다
하나님 주신 선물 불쌍히 여기소서
내 생명 주의 자녀들 보호하게 하소서

하루의 식사량과 종일에 먹는 약의
多少를 셈해보면 重量이 구분 안돼
아프다 일을 멈추면 굶주림이 찾아와

내 몸의 아픔들이 온몸을 정복하니
큰 병원 들락날락 시간을 낭비했네
새끼들 지켜내고픈 나의 의지 강행군

밤마다 찾아오는 칼 같은 통증들이
온몸의 구석구석 고통을 쏟아놓네
방안을 굴러다니며 밤을 새워 싸우네

통증을 못 이기고 온방을 굴러다녀
아이들 수면 방해 이 또한 아픔일세
장독대 빙글 돌면서 온갖 신음 내뱉네

자식을 지키려는 불굴의 의지 담아
병원을 들락이며 이십 번 엑스레이
결국은 찾지 못한 병 하나님께 맡겼지

입원과 퇴원 사이 고통은 참지만은
자식들 수호 책임 한 시도 잊지 못해
마음속 눈물 덩어리 내 가슴속 적시네

의사도 찾지 못한 내 몸의 악한 질병
하나님 손길 펴사 꼼꼼히 고치시네
이후로 약 한 톨 없이 평생토록 살았지

하루를 쉰다 함은 매 끼니 근심이고
이틀을 건너뛰면 한 주가 걱정되네
쉼 없이 일을 해야만 하루라도 평안해

약한 몸 새벽부터 생계를 위한 투쟁
그나마 일 없으면 굶어야 하잖은가
끙끙끙 앓는 소리는 종일토록 쏟아져

하루가 달라지게 커가는 자식들이
어제와 오늘 차이 눈에도 보이네요
걱정이 기쁨이 되어 나의 얼굴 평안해

제2부

험난한 삶에서 본 소망

1. 소망의 씨앗들

고난과 고통 속에 주어진 큰 소망은
예수님 믿음으로 천국의 백성 됐지
그래서 혼자가 아닌 주님과의 동행 길

아침에 눈을 뜨면 향하는 발걸음은
새벽종 울리려는 경쟁에 몸을 싣네
땡그렁 울리는 소리 천국 소망 메시지

부족한 과부인데 나에게 찾아온 복
교회의 살림살이 귀한 일 맡겨주네
입에선 찬송 소리가 하루 내내 흐르네

가정일 교회일에 우선을 어디 둘까

신앙이 먼저이고 개인이 나중이라

죽어도 하나님 일은 최선으로 하고파

배움도 부족하고 재산도 모자란데

내게 준 선물들은 날마다 쑥쑥 성장

오늘도 무릎 닳도록 두 손 모아 기도해

어제는 논밭에서 소처럼 일을 하고

오늘은 산속에서 땔감을 준비하네

주일을 제외하고는 나의 삶의 현장들

힘겨운 세상인데 누구나 공평함은
주어진 시간들이 똑같이 적용되네
돌 전의 어린 막내도 쑥쑥 자라 취학생

우리의 一生一代 살아갈 방법으로
험난한 세파 속에 책임을 지신다는
하나님 아버지에게 모든 것을 맡겼지

자식들 성장하니 걱정이 태산이네
어떻게 책임질까 찾아온 노심초사
근심아 저리 가거라 믿음으로 물리쳐

아들딸 일취월장 하루가 다른 모습
생활을 분담하는 세 딸의 고군분투
어려서 집을 떠나서 직장 생활 하누나

삼녀의 가족 위한 희생의 고통들이
이 가정 세워놓은 튼튼한 울타리로
합해진 딸들의 힘은 천하무적 철옹성

아들의 학업 진입 든든한 막내 앞길
막힘이 없는 大路 새로운 출발이네
하나님 인도하실 길 어릴 적에 맡긴 길

시험에 받은 상은 달마다 쌓여가고
학생의 리더로서 하루를 달리 사네
보는 것 그 하나로도 나의 행복 급상승

학교를 넘어서서 郡 이상 賞도 받고
웅변의 힘찬 소리 동네를 휘감을 때
하던 일 잠시 멈추고 아들 외침 보았지

가족의 생활 위해 자신을 포기하고
동생의 공부 위해 헌신을 감당했네
희생한 나의 딸들아 너희들은 내 전부

2. 아들 교육을 위한 도전

육 년의 초등학교 기쁨을 누렸는데
새로운 삼 년이란 중학교 길이 왔네
아들이 나아갈 길을 어떡해서 만들까

가진 것 하나 없는 가난의 상징으로
이백 평 거친 밭이 재산의 전부일세
고향을 떠날 수밖에 없는 마음 큰 고통

동네의 이웃들과 하나둘 이별 선언
교회의 성도에겐 영적인 교류 약속
미지의 앞날의 삶도 하나님께 맡겼지

가노라 운암산아 고맙다 운용리야
대아리 저수지야 나에겐 힘이었다
세상을 이길 거란다 나의 성공 지켜봐

이사로 정해진 날 빠르게 당도하고
조그만 트럭 위에 적은 짐 싣고 나니
흐르는 석별의 눈물 고향땅을 적시네

운용리 출발해서 인천을 향했는데
이렇게 먼 길인가 가슴이 먹먹하네
불확실 미지의 세계 꿈이런가 아닌가

힘겹게 인천 도착 새 삶을 점검하고
적은 짐 내려놓고 손 모아 기도 먼저
하나님 감사합니다 아버지만 믿어요

새로운 인생 시작 촌에서 도시에로
중요한 삶의 점검 영적인 생활일세
청천동 침례교회로 나의 신앙 재출발

튀김을 상품으로 오픈한 구멍가게
희망을 가득 담아 손님들 위로하네
백 원에 열 개의 튀김 가격 대비 열네 개

모정의 베푼 사랑 사람들 악용하네
외상값 몇 푼인데 떼먹고 도망치나
판매의 매출수입비 돌아온 건 손해액

장삿날 늘어나니 쌓여간 부채자산
하루를 더 간다면 또 다른 생계 위협
가게의 불가불 정리 타지 생활 불확실

튀김집 문 닫으면 무엇을 먹고 사나
도울 자 있다 한들 또 다른 고군분투
남은 돈 십만 원인데 어떤 삶을 해갈까

아들의 공부 위해 찾아온 인천이고
자식들 살기 위해 시작한 사업인데
절박한 상황 전환이 이리 빨리 오는가

하루를 어찌하나 절박한 가족 상황
뿔뿔이 흩어질까 내일이 백척간두
또 다른 망망대해라 헤쳐갈 길 있을까

전셋돈 부족한데 공간을 제공받고
이웃의 사랑인가 은혜의 시작인가
방 한 칸 십만 원으로 제공받은 안식처

3. 고난과 희망

어떤 일 시작해야 끼니를 안 거를까
생각이 끊임없이 머리를 공격하니
편하게 쉴만한 시간 잠시라도 없구나

두 딸은 회사 생활 힘겨움 시작이고
아들은 중학 생활 최선을 다하는데
나 또한 쉴 날이 없는 월급쟁이 공장행

하루의 일당으로 들어온 수입인데
여기에 들어갈 돈 저기에 채워질 돈
온몸이 부서진대도 쉴 수 없는 하루 삶

공장의 하루 생활 뜨거운 불과 함께
지치고 피곤한 몸 간신히 끌고 오네
날마다 기진맥진이 나의 일상 생활사

어렵게 들어온 돈 일숫돈 갚아가고
정부미 한 포대로 희망을 이어가네
김치와 깍두기만이 진수성찬 주 음식

신중의 생활습관 실수도 있는지라
한순간 방심하다 내게 온 중한 고통
헛발을 디뎌서인지 이 층에서 落傷을

아들은 고교 생활 딸들은 공장 생활
내 한 몸 망가져도 자식들 위한다만
가련한 새끼들 고생 엄마 가슴 멍진다

새벽의 여섯 시에 눈 비벼 登校하고
늦은 밤 열두 시에 氣盡한 下校일세
저녁은 매일 거르며 하루하루 최선을

선생님 가정방문 숙여서 들어온 방
곳곳을 살펴보며 맘 아픈 미소 짓네
종덕아 힘을 내거라 힘주시는 선생님

이렇게 가난한 집 보는 게 난생처음
선생님 얼굴에도 당황한 빛이 도네
어머니 힘내십시오 위로하는 선생님

선생님 주셨다고 선물로 가져온 책
새국사 책명인데 두꺼운 참고서네
아들은 희희낙락의 함박웃음 끝없네

부엌문 한쪽 옆에 한 포대 쌀이 있어
누군가 보내왔지 수소문(搜所聞) 답이 없네
선생님 선물이라고 아들 친구 전해와

아들의 최선으로 삼 년을 아름답게
힘겨운 고교 생활 마무리 해내누나
치러낸 학력고사로 대학 진학 통과해

하나님 주신 은혜 평생에 갚고 살라
목사로 헌신하여 살라고 했던 서원
힘겨운 사역 보면서 아들 방향 바꾸네

교사로 일하면서 평신도 봉사하라
그것이 주님 앞에 충성된 삶일 거야
아들의 사범대 진학 막힘없이 달리네

제3부

고난 끝에 온 축복

1. 아들의 고민-도전-실패

2. 끝이 보이는 고난

3. 은혜 속 행복

1. 아들의 고민-도전-실패

교사가 되기 위해 찾아본 대학이라
등록금 감당 못해 국립대 찾아보니
불가불 서울 벗어나 전북대학 사범대

사범대 공부 위해 또다시 가족 이동
떠났던 고향 근처 전주에 자리하네
아들을 위해서라면 가릴 것이 무얼까

두 딸은 독립했고 딸 하나 아들이라
셋이서 생활고를 겪을 순 없잖은가
맘 찢는 중대한 결심 나만 홀로 서울행

식당가 전전하며 벌어온 생활비로
모자란 삶의 재원 간간이 채워가네
아들딸 그리운 눈물 내일 위해 삼키네

일류대(大) 흉된 꿈에 아들의 진로 고민
안정을 포기하니 때아닌 가족 분열
흘러간 이 년의 세월 인생사에 비칠까

온 가족 아들 설득 오늘을 이어가자
훗날을 기약하며 교사로 가자꾸나
굳혀진 아들의 마음 바꿀 수가 없네요

태평양 한가운데 조각배 띄운 심정
막내딸 하나마저 전주에 두고 가네
지나간 시간들마다 가슴 상처 피멍울

맹모의 三遷之教 나는야 十遷之教
고산을 출발점에 인천을 경유하고
전주를 거쳐 가면서 서울 외곽 삶의 터

무모한 도전일까 무책임 행위일까
아들의 홀로 공부 가능성 판단 못해
환경을 지원 못하는 내 마음만 타누나

쪽방을 세 얻어서 힘겨운 겨우살이
이불속 밥 한 그릇 따스함 유지하네
내 인생 따뜻한 세월 언젠가는 오겠지

정부미 한 포대에 내 마음 심어보고
김칫국 한 그릇에 내 꿈을 담아보네
힘겨운 가사도우미(派出婦) 아들 위해 견디네

인생의 징검다리 달려온 긴긴 시간
밤잠을 세웠건만 재도전 목표 실패
아들아 실망 말거라 너의 꿈이 나의 꿈

실패의 미안함을 몸으로 보인다며
아들이 선택한 일 실천을 진행하네
하루의 열두 시간 일 생산공장 출퇴근

아침의 일곱 시에 회사에 출근하고
저녁의 아홉 시에 집으로 퇴근하네
입대 전 삼 개월 동안 고군분투 불퇴전

한겨울 추운 바람 아들은 군 복무로
무사히 견디거라 하나님 의지하고
오늘도 기도한단다 나의 아들 화이팅

2. 끝이 보이는 고난

형편에 맞추어서 전셋집 얻었는데
집주인 갑질 행패 한 달 후 쫓겨났네
개봉동 고척동 돌아 개봉동에 재진입

지금껏 방 한 칸에 불평도 있으련만
다가구 다세대도 만족한 아들이고
언제나 웃음으로만 내 마음을 위로해

방 두 개 얻으려고 온 동네 다녀봐도
내 가진 돈으로는 엄두도 내지 못해
마음이 찢어진 날 수 셀 수 없는 무량수(無量數)

적금을 해지하고 자금을 털어봐도
손에는 칠백만 원 더 이상 셈이 안돼
지하의 방 두 개지만 아들 위해 결정해

큰 방과 작은 방의 크기가 차이 나고
한참을 내려가야 출입문 보이는데
아들의 기쁨의 노래 흥얼 소리 이어져

혼탁한 방의 공기 당연한 상황이라
눈 뜨고 일어나면 헛기침 연속이네
그래도 일상의 하루 예년 대비 즐거움

남편과 사별 후에 방 두 개 쓰는 것은
여기가 처음이요 새로운 시작일세
친인척 초대 잔치로 작은 기쁨 표출해

그해의 여름비의 낌새가 이상터니
멈춤을 잊었는지 쉼 없이 내려오네
지하의 우리 방들을 홍수물이 점령해

평생에 일회라도 무서움 못잊는데
한 여름 내린 비에 두 번을 점령당해
마음의 트라우마를 견뎌내기 고달파

지하방 탈출 위해 온 동네 물색 작업
준비한 돈으로는 찾는 것 불가항력
오호라 어찌하리까 지상으로 가고파

마음의 좌불안석 하루가 불편한데
아무리 털어봐도 자금은 전혀 없네
지상의 두 개의 방은 칠백으로 불가능

개봉동 벗어나서 변두리 고척동에
방 한 칸 부엌 하나 화장실 다세대용
그나마 마음의 안정 비의 공포 탈출구

아들의 투 잡으로 나에겐 부담 절감
사역과 과외지도 수입에 일조하네
그래도 하루를 쉬면 빈곤함이 따라와

아들의 교생실습 떠오른 교사 생활
한 달 후 제자 선물 한 아름 가져오네
어디든 최선 중심의 선한 성품 귀중해

아들은 쓰리 잡도 거뜬히 해내누나
엄마를 생각하면 마음이 아팠겠지
내 걱정 하지 말거라 나의 아들 화이팅

3. 아들의 영적 사역 시작

군 복무 마친 뒤에 도전한 선지 동산
서원한 나의 기도 이제야 시작이네
죽도록 충성하여라 하나님의 아들아

학생의 신분으로 시작한 주의 사역
보무도 당당하고 헌신도 일취월장
내 마음 든든하구나 주께 영광 감사해

신학교 졸업하고 신대원 가지 않아
무언가 불안하고 앞길이 다시 막혀
교사로 초대된 세 곳 끝내 불발 무얼까

현장의 목회보다 기관의 사역자로
부르심 기적 같은 하나님 은혜로세
네 한 몸 아끼지 마라 주신 소명 먼저다

총회의 교육부와 출판부 거치면서
아들이 가진 재능 주님께 몽땅 드려
얼굴의 환한 미소는 무량 행복 현주소

하나님 사랑하심 끝없이 찾아오네
그동안 셀 수 없이 다녔던 이사인데
이제는 내 집 주소로 이동 불안 멈추네

시흥시 매화동의 조그만 아파트에
새로운 가족 구성 터전을 마련했네
여기가 주시는 복의 출발이라 선언해

주의 일 헌신하는 아들을 사랑하사
가정을 세우시고 축복의 근원 삼네
천국이 따로 없구나 나의 행복 무한정

맞벌이 부부라서 새 아침 출근하면
내 사랑 손자놈과 하루를 시작하네
매화동 구석구석을 하루 동안 장악해

하루의 일상생활 넘치는 주의 축복
우렁찬 목소리로 할머니 외치누나
현수야 사랑한단다 너는 나의 전부야

네댓 살 손자 걸음 빛과도 맞먹는데
내 나이 칠십인데 빛처럼 따라다녀
그래도 주어진 기쁨 나의 행복 최고봉

매화동 이름 따라 우리 집 꽃이 왔네
현아란 이름으로 비길 데 없는 꽃이
또 다른 나의 행복이 겹쳐지니 무한량

고희연(古稀宴) 웬 말인가 비밀히 준비됐네
아들과 며느리의 세심한 성격일세
내 인생 행복의 수치 상승한도(上昇限度) 안보여

내 몸은 하나인데 행복은 여러 군데
현수와 뛰어놀고 현아는 가슴 안에
하루의 이십사 시간 늘려보고 싶어라

내 평생 살아온 길 주님의 은혜로다
얼마를 더 살는지 알지는 못하지만
오늘이 끝날이라도 행복 수치 최대량

제4부

새로운 영역의 삶

1. 행복에서 고난으로

2. 고난을 넘어서는 며느리의 헌신

3. 주신 사역으로 가는 통로, 고난

1. 행복에서 고난으로

매화동 벗어나서 하계동 진입하니
다시금 서울로의 삶의 터 바뀌었네
새로운 행복의 지수 다른 차원 상승 중

손주들 쑥쑥 자라 하루가 달라 보여
그만큼 나의 인생 저물어 가는구나
쾌재라 가는 양(量)보다 높아가는 행복도(度)

지는 해 가는 길을 그 누가 막을쏘냐
지기 전 누릴 행복 챙겨준 아들 부부
비행기 제주도 여행 생각 못한 효도행(行)

음식도 여행지도 놀이도 휴양지도
언제나 어디에나 함께한 우리 가족
고맙다 나의 아들아 나의 사랑 며느리

태릉의 수영장에 강남의 롯데월드
대천의 해수욕장 한강의 유람선에
볼링의 스트라이크 고희 넘어 해봤네

천국에 가기까지 이런 삶 누렸으면
입는 것 먹는 것과 자는 것 깨는 것의
일상의 하루하루가 행복이란 깨달음

아들의 학문 열정 그칠 줄 모르더니
주의 일 더 한다고 시작한 박사 공부
친구의 호된 사기에 사역의 길 벗어나

눈물로 충고해도 사악한 열정 침투
주의 일 벗어나서 세상일 동분서주
하나님 지켜주소서 사욕 없는 철부지

김포로 생활 터전 급하게 옮겨가고
낯이 선 회삿 일로 사라진 얼굴 미소
내 마음 썩어가누나 그 누구가 알까요

아들의 생사 가름 출근길 교통사고
이름도 알 수 없는 질병도 찾아오고
가는 길 낯선 일들이 예비 경고 아닌가

고난 위 고난들의 원인이 무엇일까
학문의 욕망으로 주의 일 멈춤이지
사욕은 없다 하지만 우선순위 문제지

피할 수 없는 결과 드디어 찾아왔네
회사의 부도 사건 집 담보 드러나고
가족이 해체될 일이 우리 앞에 찾아와

전화로 채무 협박 날마다 가슴 철렁
캐피털 소환 받은 아들의 초췌한 눈
보증의 해결될 방법 깜깜절벽 아찔해

힘 잃어 가는 아들 눈 뜨고 볼 수 없네
하루가 십 년이라 말한들 무엇하랴
엄마가 도움도 안돼 내 가슴만 타드네

가능성 제로에서 한 가닥 희망으로
흩어질 가족만은 힘겹게 버텨냈네
집 담보 무너진 하늘 아찔하게 처리돼

2. 고난을 넘어서는 며느리의 헌신

북변동 출발하여 광화문 직장까지
며느리 출근의 길 새벽의 다섯 시라
그래도 불평의 소리 한 음조차 안 들려

낮 하루 종일토록 회삿 일 시달리고
서울을 뒤로하고 김포로 돌아온 길
피로와 한 몸인데도 말과 행동 쾌활해

시어미 보살피랴 아들딸 챙겨주랴
힘 잃은 남편이라 밉기도 하겠건만
한 마디 행동 하나도 따로 가지 않누나

불행 중 다행인가 아들의 주의 사역

家庭事 어렵지만 자비량(自費糧)[6] 봉사하네

내 마음 왜이리 좋지 새 희망이 보이네

벧엘의 중고등부 새로운 부서 책임

아들은 예전부터 교육학 전공이라

가르침 하나만으로 인생 활기 보이네

교회의 교육 책임 치밀한 설계도가

부흥의 실마리로 새로운 길을 여네

하나님 나라 확장이 아들놈의 꿈이지

---

6) 교회의 목회, 교육, 전도, 선교 사역에 있어서 목회자 및 사역자가 교회나 해당 단체에 소속되거나 단독으로 활동할 때 어떠한 사례나 대가를 받지 않고 자신이 해결하는 방식

고난과 고통들의 공격이 심할 텐데
며느리 교회 사역 獻身度 만만찮네
부부는 일심동체라 하나님께 영광을

마음을 다져잡고 새 출발 한다 하여
서울의 목동으로 힘겹게 이사하네
삶의 터 남북서동의 이동폭(幅)도 크구나

현수는 목동초교 사학년 전학하고
내 품엔 나의 기쁨 현아가 노래하네
힘 잃은 내 몸 유지는 손주 사랑 원동력

아들의 업무 재개 문서로 사역하는
씨엘씨(CLC) 총무이사 영향력 점점 확대
교회는 자비량 사역 이어가니 기뻐라

아들의 보증 담보 사십억 통지 왔네
또다시 휘청이는 가정의 안전지대
해결의 실마리라곤 바늘구멍 지나기

피골이 상접한다 들어본 단어인데
아들의 모습 보니 그 말이 맘에 닿네
오주여 어찌할까요 나의 가슴 멍져요

모든 것 내려놓고 살 길을 요청하고
확실한 믿음으로 피할 길 간구하네
상상을 넘어선 방법 주신 은혜 감사해

육 일간 출근하랴 가족을 보살피랴
하루도 쉼이 없는 며느리 고통의 삶
입에서 불평 한 마디 들어본 적 없구나

이러한 며느리가 세상에 존재할까
바라만 보기에도 예쁘고 고맙구나
너 위한 나의 기도로 너의 공로 갚는다

3. 주신 사역으로 가는 통로, 고난

위기 후 기회 온다 일반적 논리인데
목동이 정리되고 쌍문동 이주하네
준비된 인생의 행로 기대하며 가야지

손자놈 초등학생 손녀놈 유치원생
등꿋길 하꿋길에 내 할 일 분주하네
이러한 삶의 환경은 내게 주신 큰 축복

아들의 사역 행로 떠났던 기관 사역
진흥원 편집장의 사역 길 재진입해
네게 준 하늘의 소망 마음 놓고 이루라

청천(靑天)의 벽력(霹靂)인가 기우(杞憂)[7]의 현실인가
아들의 위암 소식 내 마음 풍비박산
하나님 이런 고통은 제게 대신 주시죠

나만의 고통인가 가족의 위기이지
며느리 아픈 마음 셈할 수 없잖은가
유일한 해결의 주인 하나님께 맡겼네

암이란 고통 속에 아들의 일상사는
도대체 믿기잖은 옛 모습 그대로네
한 치의 흔들림 없는 믿음 본질 보이네

---

7) 앞일에 대해 쓸데없는 걱정을 함 또는 그 걱정. 옛날 중국 기(杞) 나라에 살던 한 사람이 '만일 하늘이 무너지면 어디로 피해야 좋을 것인가?' 하고 침식을 잊고 걱정하였다는 데서 유래한 말

진단 후 삼 개월을 어떻게 보냈는지
하루를 천 년처럼 경험한 시간이네
하나님 죄인들 회개 기다림이 이해돼

수술도 하기 전에 출근길 올라서니
내 마음 갈기갈기 찢어져 아프구나
젊어서 내 당한 고통 비교조차 안되네

시간의 흐름 속에 아들은 입원하고
내일이 수술이라 내 할 일 하나이네
내 생명 건져주셨던 하나님께 기도를

하나님 은혜 안에 암세포 삭제하고
새 생명 다시 받은 아들의 인생 선물
죽어도 위주 영광의 너의 철학 지켜라

수술 후 육일 만에 퇴원을 진행하고
퇴원 후 하룻 만에 출근을 시행하네
세상의 상식을 넘는 이런 상황 황당해

출근 전 허리 복대 꼼꼼히 챙겨주는
며느리 그 마음은 얼마나 속상할까
그래도 살려주심에 인생 2막 기대해

쌍문동 목동까지 거리가 얼마런까
피나는 배를 쥐고 출퇴근 하는구나
예수님 보혈의 피의 소중함을 알겠지

죽어도 주신 소명 지키는 아들이라
내 마음 든든하고 소망도 커가누나
끝까지 하나님 나라 확장하며 살거라

아들은 믿음으로 위암도 정복하고
주어진 문서사역 꼼꼼히 행했건만
진흥원 어려운 형편 이 년 후에 퇴직을

제5부

가족과 함께한 삶, 행복

1. 나의 서원 기도 완성
2. 내 인생의 행복
3. 고맙다, 내 새끼들아

1. 나의 서원 기도 완성

순탄치 않은 인생 무엇이 문제인가
지금껏 주의 사역 행하며 왔잖은가
어릴 적 아들을 위한 서원 기도 밖에서

젖먹이 아들 위해 내가 한 기도 제목
목사로 사역해라 그것이 소망이다
지금껏 사역은 하되 목사 외(外)길 아닌가

며느리 현실 인정 남편을 권면하니
아들의 중대 결심 들어간 목사 과정
이제는 막혔던 길이 뚫려진 길 되겠지

비전북 출판사로 시작한 문서 사역
꾸준한 노력으로 다양한 양서 출간
다양한 하나님 일터 다다익선 주 영광

학문에 가진 열정 아직도 여전하네
시작은 지구과학 도중엔 종교교육
교사로 일을 하면서 주의 사역 삼십 년

교육학 석사과정 목회학 석사과정
교육학 박사과정 목회학 박사과정
지금은 논문 지도로 후배 양성 큰 사역

하나님 주신 지혜 마음껏 활용해라
내 아들 쓴 책들이 하나 둘 늘어나고
역사적 사명감으로 주신 소명 이루라

어려서 서원 기도 내 나름 이루었고
이제는 주님께로 당당히 가고 싶다
오늘도 기도한단다 우리 가정 위해서

지나온 나의 인생 힘겨운 길이었고
어려서 아들딸들 생고생 했지만은
모두들 안정된 가정 평생기도 이뤘네

흰 머리 검은 머리 경쟁이 시작된 후
비율이 관리 안돼 흰색이 주인 됐네
얼굴에 그려진 선은 세기조차 힘들어

든든한 성장으로 이 가정 기둥으로
우뚝 선 우리 손자 내 마음 든든하다
현수야 나의 사랑아 너 때문에 행복해

향긋한 행동으로 언제나 웃음 주는
이쁜이 우리 손녀 나에겐 전부란다
현아야 나의 보배야 하늘만큼 사랑해

내 사랑 손자 손녀 내 품에 자라왔고
내 나이 팔순 넘어 구순을 바라보니
이 땅의 미련보다도 하늘나라 꿈꾸네

믿음의 반석 위에 놓여진 이 가정은
폭풍이 불어와도 내 마음 편한 것은
하나님 한 분만으로 살아가기 때문에

나앉는 기운만큼 기억이 사라지고
가는 氣 붙잡아도 기어이 도망가네
내 몸의 풍부한 체력 하나하나 떠나네

2. 내 인생의 행복

인생길 돌아보니 고생과 감사구나
비율을 비교하면 무엇이 먼저일까
나에겐 선후가 없는 불가분리 한 몸통

고생이 시작인데 감사가 끝이구나
사 남매 울음부터 증손주 미소까지
오호라 하나님 사랑 내게 주신 큰 축복

오늘도 하루 출발 기도로 시작하네
내 자식 손주 놈들 나에겐 선물인데
욘석들 위한 기도는 내 인생의 목표지

동네를 돌다 보면 하나님 손길 느껴
마음속 한켠에는 감사의 눈물 가득
이 행복 주신 은혜를 갚지 못한 죄책감

이것이 섬망인가 이래서 치매인가
오가는 생각으로 행동을 표현 못해
신중한 내 말마저도 인정받기 어렵네

이러면 안 되는데 내 가족 짐이 되니
정신 줄 부여잡고 기도에 몰입하네
하나님 도와주소서 살피소서 이 가정

하루가 멀다 하고 떠나간 氣 때문에
공원길 산책하다 쓰러진 내 몸뚱이
청천의 벽력이구나 예고 없는 고난 길

하나님 주신 은혜 내 삶에 빨간불이
병원에 신세 진 일 오십 년 없었는데
오호라 찢어진 마음 돌이킬 수 없을까

내 생각 어디 있나 움직임 생각 따로
아득한 정신 상태 진료상 섬망이래
아들아 미안하구나 어떡하니 엄만데

일주일 병원 신세 마치고 돌아오니
내 집이 이렇게나 좋은 줄 몰랐구나
몸 거동 전혀 못하니 아들 부부 숙제네

며느리 시시 때때 내 몸을 닦아주고
따뜻한 호박죽을 내 입에 맞춰주니
이 또한 주께서 주신 나를 위한 큰사랑

누워서 생활한 지 네댓 달 흘렀던가
며느리 출근하면 그다음 아들 차례
아들을 바라보면은 나의 눈물 주르르

불행 중 다행으로 찾아온 나의 기운
스스로 걸으면서 생각을 다지지만
찾아온 치매 기운은 이겨낼 수 없구나

죽어도 일어서자 가족을 위한다면
오늘도 힘을 다해 생각을 실천했네
하나님 주신 은혜로 나의 생활 일상사

내 사랑 아들 부부 언제나 미소로세
내 전부 손주 놈들 오늘도 힘을 주네
내 인생 행복이란 걸 누리면서 사누나

3. 고맙다, 내 새끼들아

주야간 보호 센터 다니는 행운 얻어
아침의 아홉 시에 집에서 출발하고
오후의 다섯 시까지 흥에 겨운 하루를

나이와 몸 컨디션 힘겨운 하루 생활
수업이 끝난 후엔 집으로 향하기에
오늘도 총총걸음이 무겁지만 즐거워

매일의 나의 등교 아들이 맡아주고
그날의 하굣길도 아들이 맞아주네
힘들고 어렵더라도 나의 마음 평안해

센터에 등원하면 친절한 선생님들
꼼꼼히 챙겨주고 마음에 위로 주네
다양한 프로그램에 아픈 생각 사라져

그림도 그려보고 노래도 불러보고
여러 번 노래 솜씨 발휘도 해보았네
내 노래 십팔 번으론 노들강변 봄버들

며느리 노심초사 시어미 봉양하고
나는야 초지일관 몸과 맘 의지하네
둘이서 모녀간이라 아들놈은 질투해

거동이 불편한 몸 며느리 씻어주고
먹을 것 입을 것을 일일이 챙겨주네
고맙다 사랑한단다 나의 사랑 며느라

주말의 하루라도 집에서 쉬고픈데
짐 같은 나의 몸을 부부가 살피겠지
알기에 생각만 해도 나의 마음 찢어져

몸뚱인 천 근이고 마음은 만 근인데
오늘도 주섬주섬 센터 갈 준비하네
이렇게 하여야 만이 가족 부담 줄이지

내 몸이 휘청휘청 아슬한 상태지만
언제나 따스한 정 나누는 우리 가정
영원히 사랑한단다 고맙구나 얘들아

떠나간 나의 기억 하루가 달라지고
빠져간 기운 정도 어제와 다르구나
이 몸을 언제까지나 지탱하며 살까나

달라진 나의 몸을 똑바로 세우는 것
한 살 된 아가와도 비교가 되겠구나
그래도 든든하구나 나의 가족 있기에

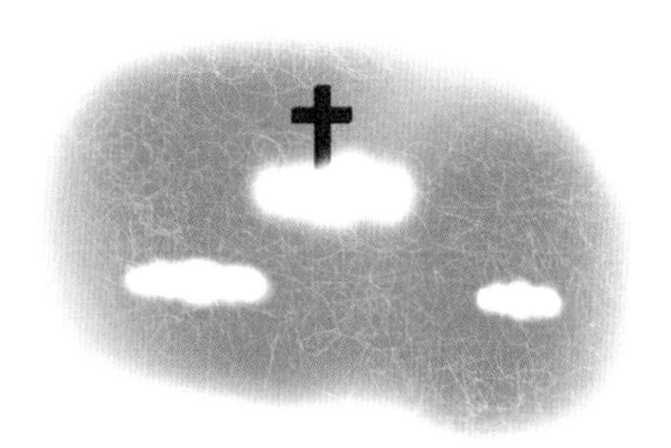

걱정이 현실 되어 집에서 낙상하니
정신이 오락가락 삶인가 죽음인가
아들의 찬송 소리에 하늘 천국 다가와

천국에 들어갈 문 눈앞에 보이는데
아들이 물어오네 유언이 무어냐고
내 평생 살아온 길을 아들에게 전하네

주께서 주신 사명 죽어도 감당해라
이웃에 덕 끼치며 살거라 내 아들아
고맙다 우리 가정은 주님 주신 철옹성

제6부

어머니, 감사합니다

1. 끝까지 자식 사랑

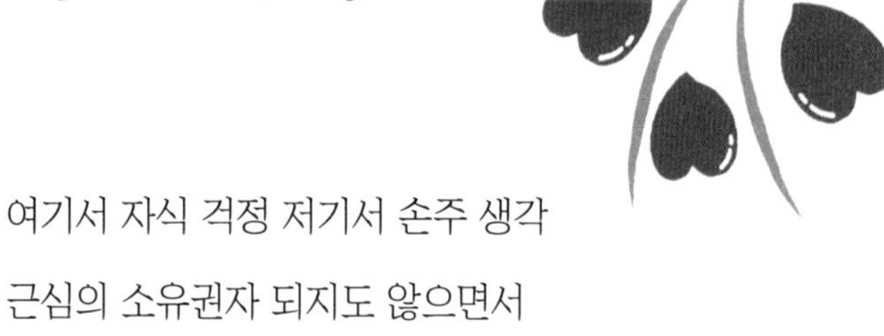

여기서 자식 걱정 저기서 손주 생각
근심의 소유권자 되지도 않으면서
눈 뜨고 잠들 때까지 기도 소리 쉼 없네

토요일 아침마다 챙겨온 옷을 보니
집에서 쉬고픈데 마음은 센터 향해
부부가 쉬는 날이니 자식 위해 가시네

가실 때 가벼운 몸 종일을 뛰고 놀아
지치고 힘든 몸을 가누길 힘들어도
오실 땐 환한 미소로 나의 손을 붙잡네

날마다 빠져나가 남은 기 얼마런가
오늘도 자식 위해 기도로 몸 바치네
아들아 걱정 말아라 환한 미소 보이네

산 날과 살아갈 날 수치가 바뀐 후에
몸 기운 하나하나 작별을 고하더니
똑바로 설 수 있는 氣 세어보니 안 보여

하루를 최선 다해 활동을 하시는 것
가정에 폐 끼칠까 언제나 노심초사
힘없는 발걸음에도 자식 사랑 가득해

승강기 문 열리면 지친 몸 드러내며
아들아 오늘 하루 재밌게 보냈단다
며느리 언제 오느냐 안전하게 데려와

가눌 수 없는 몸에 걸레를 부여잡고
방이랑 거실이랑 청소를 해대시네
이 모습 자식 사랑의 살아생전 표현법

오줌똥 가리기도 힘겨운 하루하루
자식들 고생할까 참아낸 모습 보니
내 가슴 까맣게 타서 흐르는 건 눈물뿐

아침에 일어나면 어머니 계신 방에
노크도 생략하고 재빨리 들어가네
영원히 돌아가시면 안 된다는 내 바램

방에서 맞이하며 힘없이 하신 말씀
나 아직 안갔단다 아들아 미안하다
어머니 무슨 말씀을 나의 눈물 펑펑펑

거칠은 손을 잡고 어머니 사랑해요
따뜻한 두 손으로 내 마음 쥐어 잡네
타 버린 나의 가슴은 내 눈물로 적시네

어머니 뵐 때마다 가슴이 뭉개지고
과거에 잘못한 것 끝없이 떠오르네
아들을 용서하세요 불효자식 웁니다

젊어서 미인으로 동네의 관심사가
고생과 행복 속에 어느덧 구순이라
어머니 단어 하나에 나의 가슴 적시네

정이란 모든 정을 자식에 남겨두고
달처럼 환한 웃음 날마다 던져주네
님께서 살아온 세월 아들에겐 전 재산

2. 어머니의 遺言

未明에 쓰러지신 어머니 첫 번 말씀
하나님 영광 위해 살아라 유언하네
어머니 알겠습니다 명심하여 살게요

두 번째 하신 말씀 마음에 와닿는데
이웃에 덕 끼치며 살아라 교훈하네
어머니 고맙습니다 최선 다해 살게요

아들의 손을 잡고 부르는 찬송 소리
천성에 가는 길이 험하다 하지마는
생명길 된다 하면서 은혜라며 우네요

우리의 가는 길이 여기가 끝이라면
애통과 서글픔의 지배를 받겠지만
영원한 천국의 소망 마음 담아 살게요

氣 잃고 흐른 시간 하루도 안되는데
언어와 의식까지 제로에 다다랐네
어머니 사랑합니다 유언대로 살게요

치열한 삶의 현장 도울 자 하나 없고
하나님 인도로만 사셨던 우리 엄마
어머니 감사합니다 천국 생활 누려요

3. 천국으로 가심

누구나 가고프다 가는 곳 아니지만
누구든 가려 하면 갈 수도 있다네요
구원의 유일한 길인 예수님만 믿으면

어머니 살아생전 소망한 하늘나라
승차에 不可缺한 손에 쥔 티겟 한 장
'예수님 나의 구원주' 여덟 글자 써있네

도착한 특급열차 일등석 맨 앞자리
환하게 웃음 짓고 편하게 앉으시네
출발의 汽笛 소리에 내 눈물은 폭포수

떠나는 그 순간에 몰려온 인생 역사
사랑과 희생으로 가득 찬 감동 실화
어머니 나의 어머니 천국에서 만나요

4. 나의 다짐

가시면 잊혀진다 위로를 받았지만
가신 날 늘어나도 그 모습 여전하네
구십 년 촬영된 영상 시시 때때 열리네

전국의 구석구석 어머니 다니신 길
어떤 땐 오름길로 때로는 내림길로
나에게 시온의 대로 만드셨던 고생길

효자네 불효자네 서로들 갑론을박
가시면 의미 없는 단어가 돼버리니
가슴에 남겨질 기쁨 살아생전 만드세

가슴을 적신 눈물 햇살에 말려볼까
순간에 간다 하는 시간에 태워볼까
어머니 사랑합니다 영원불변 내 고백

남기신 유언 듣고 인생길 바라보며
일상의 달려온 길 쉼 없이 가겠지만
실천할 주신 말씀을 우선 두고 살게요

서평

이혜읍 시인

(새한일보 논설위원, 한양문학 주간)

삶과 신앙과 어머니를 분리하지 않고 문학과 함께 살아가는 시인의 글에 엄숙함과 겸손함이 공존했다

뉘라서 가마귀를 검고 흉타 하돗던고

반포보은이 그 아니 아름다운가

사람이 저 새만 못함을 못내 슬허하노라

조선 철종, 고종 때의 가객歌客 박효관이 지은 시조이다. 이종덕의 시조집을 이해하기 전에 효조라 불리는 까마귀의 이야기를 아니할 수가 없었다. '누가 까마귀를 흉하다 하더란 말인가?'라는 말을 시작으로 반포보은反哺報恩이라는 말을 풀어보면 먹이를 돌려드림으로써 은혜에 보답한다는 뜻으로 이는 곧 깊은 효심을 가리키는 말로 풀이된다.

까마귀의 생존법을 살펴보면 새끼는 다 자란 뒤에는 제 어미 까마귀에게 먹이를 물어다가 먹여준다. 이 행위가 사람으로 치면 부모의 은혜를 갚는 행위와도 같은 것이라 볼 수 있다. 하물며 미물인 까마귀도 효도를 행하는데 요즘 사람 가운데에는 제 부모에게 효도는커녕 짐승만도 못한 불편함만 안겨주는 사람이 많다는 현실에 우리가 살아가고 있는 것 또한 부인할 수 없는 사실이다.

필자가 바라보고 느낀 시인 이종덕의 삶은 수행자와 같은 절제된 종교인의 삶을 살아가는 바르고 곧은 지식인이다. 그는 이번 시조집을 통해 선자당先慈堂 어른께 못다 한 아들로서의 이야기를 전하고 어머니의 일대기를 기록으로 남겨 조선의 박효관을 넘어서는 교훈적인 시조를 남겨 시조집을 읽는 독자들이 가슴으로 느끼고 반성하는 계기를 삼도록 하고 싶었을지도 모른다.

필자가 서두에 꺼낸 효조 까마귀는 겉은 검어도 속은 흰 새의 한 종류다. 겉으로는 흰 체하면서 속은 검다 못해 시커먼 인간의 탈을 쓴 비양심적 사람보다 훨씬 나은 미물의 까마귀다. 우리가 흔히 부모의 사랑을 이야기할 때 "내리사랑은 있어도 치사랑은 없다."라고 말을 한다. 한없이 베풀고 아낌없이 나눠주는 사랑이 자식을 향한 부모의 사랑이다. 어떤 효도로도 부모의 사랑을 다 갚을 수는 없다. 이종덕은 가족을 아끼기로 소문난 문학인이고 종교인이다. 그의 생각을 담은 시조집 「엄마의 사랑을 가슴에 품고」에 담긴 이야기 속으로 빠져들어 보는 것도 어쩌면 행운을 얻는 시간인지도 모른다는 생각으로 글을 살폈다.

시인이 그려낸 시조집은 총 6부로 "제1부 결혼에서 사투까지, 제2부 험난한 삶에서 본 소망, 제3부 고난 끝에 온 축복, 제4부 새로운 영역의 삶, 제5부 가족과 함께한 삶, 행복 그리고 마지막 제6부 어머니, 감사합니다"라는 부제로 생생한 시인의 육성을 담은 듯한 낱말들이 어머니의 기록으로 심어져 있다. 종교인으로 참 수행을 실천하며 선친의 유훈을 받들어 선자당을 지극히 모신 시인에게는 시인 못지않은 효심을 지닌 시인의 아내가 있었기에 가능했음을 시인에게서 들은 바 있다. 사랑의 힘은 어느 한 사람의 기가 아니라 가족이라는 공동체에서 발하는 힘이 있어야 가능함을 필자는 시인의 삶을 바라보며 느낀 바가 크다.

인생길 가야 하는 망망한 대해 앞에
내 사랑 삼녀 일남 나룻배 태워놓고
내 한 몸 올려놓으니 보이는 것 노(櫓) 하나

앞으로 저어가니 파도가 막아서고
옆으로 돌아가니 가파른 낭떠러지
차라리 후진하려고 돌아보니 절망해(海)

이러면 괜찮을까 저러면 나아질까
앞뒤 옆 나갈 길은 꽉 막힌 동서남북
위에서 들려온 소리 새 인생의 이정표

내 딸아 이리 오렴 내 너를 사랑한다
네게 준 자녀들은 내가 준 선물이다
힘들고 어렵더라도 걱정하지 말아라

– '엄마란 힘으로'의 일부

남편과 사별하고 고개들어 보니 삼녀 일남의 자식들만 남았다. 당시의 시대 상황은 지금과는 다른 복지의 사각지대에서 살았던 게 분명하다. 어머니의 심정 오죽했으랴. 시인은 망망대해라는 한없이 넓고 큰 파도 치는 바다에 놓여진 위태위태한 나룻배라는 명사를 끌어들여 어머니의 심정을 가늠하려 했다.

얼마나 불안하고 홀로인 여자가 감당하기에 무섭고 두려웠으랴. "이러면 괜찮을까 저러면 나아질까 | 앞뒤 옆 나갈 길은 꽉 막힌 동서남북 | 위에서 들려온 소리 새 인생의 이정표"라는 글 속에 답답한 어머니의 마음을 읽고 이해하려 했다. 시조의 여운이 가시기도 전에 삶의 의미란 무엇인가에 대한 고뇌를 하게 되며, 눈물 흐르게 하는 시조이다. 이종덕은 이런 마음의 소유자이고 이런 시를 쓰는 작가이다.

고난과 고통 속에 주어진 큰 소망은
예수님 믿음으로 천국의 백성 됐지
그래서 혼자가 아닌 주님과의 동행 길

아침에 눈을 뜨면 향하는 발걸음은
새벽종 울리려는 경쟁에 몸을 싣네
땡그렁 울리는 소리 천국 소망 메시지

부족한 과부인데 나에게 찾아온 복
교회의 살림살이 귀한 일 맡겨주네
입에선 찬송 소리가 하루 내내 흐르네

튀김집 문 닫으면 무엇을 먹고 사나
도울 자 있다 한들 또 다른 고군분투
남은 돈 십만 원인데 어떤 삶을 해갈까

아들의 공부 위해 찾아온 인천이고
자식들 살기 위해 시작한 사업인데
절박한 상황 전환이 이리 빨리 오는가

– 시조 '소망의 씨앗들'과 '아들 교육을 위한 도전' 일부

필자는 시인과는 다른 종교를 가지고 있지만 늘 그에게 반하는 이유가 몸에 베여 있는 성실함과 사랑을 실천하는 양보와 배려심으로 살아가는 것을 알기 때문이다. 기독교학교를 다닌 필자로서는 신앙은 주님께서 주시는 은사이며, 의인은 신앙을 통해 놀라운 일을 이룰 힘을 얻는다고 배웠다. 이종덕의 시조에서 나오는 힘은 신앙의 탄탄한 힘이 그의 필력에 가속을 더하는 것 같다는 생각을 했다.

히브리서 11:6에 "우리는 신앙 없이는 하나님을 기쁘게 할 수 없다"라고 배웠다. 신앙은 모든 행동을 야기하며 경전은 신앙의 힘을 증명하는 증거로 가득하다. 노아는 신앙으로 방주를 지었으며, 하나님께서 주신 계명에 순종하여 가족과 함께 구원을 받았으나 신앙이 부족한 사람들은 대홍수에 묻혀 버렸다는 내용은 어지간한 기독교인 아니라도 아는 내용이다.

시인의 어머니는 가족을 구하기 위해 하나밖에 없는 아들을 공부시켜야겠다는 결심으로 혈혈단신 튀김집을 운영하며 가족 구원길에 나섰던 것이다. 하지만 어머니의 마음 씀씀이는 이웃들에게 나눔한 결과로 영리와는 거리가 멀었다. 외로웠을 어머니의 마음에 신앙의 힘은 내 아무리 힘들어도 주님을 믿는 마음만 있다면 못해낼 일이 없을 거라는 확신이 있었기에 버틸 수 있었을지 모른다는 사실을 시인은 알고 있다.

오늘의 시인 이종덕이 존재하는 주체의 힘 역시 어머니이고, 그 어머니를 지탱하게 한 힘에는 신앙이 있었음을 시인은 안다는 사실이다.

태평양 한가운데 조각배 띄운 심정
막내딸 하나마저 전주에 두고 가네
지나간 시간들마다 가슴 상처 피멍울

맹모의 三遷之教 나는야 十遷之教
고산을 출발점에 인천을 경유하고
전주를 거쳐 가면서 서울 외곽 삶의 터

무모한 도전일까 무책임 행위일까
아들의 홀로 공부 가능성 판단 못해
환경을 지원 못하는 내 마음만 타누나

쪽방을 세 얻어서 힘겨운 겨우살이
이불속 밥 한 그릇 따스함 유지하네
내 인생 따뜻한 세월 언젠가는 오겠지

– 시조 '아들의 고민-도전-실패' 일부

시인은 젊은 시절 교사가 되기 위해 전북대 사범대를 진학했다. 그것도 등록금이 저렴한 국립대학을 골라서였다. 아들 진학 도시를 따라 출가한 두 누이 외에 막내 누이와 시인

그리고 어머니는 또 전주로 이사를 했다. 마치 맹자孟子의 어머니가 맹자의 교육을 위해 세 번이나 이사移徙를 한 가르침이라도 따르듯 시인의 어머니는 맹자 어머니 이상으로 열 번의 이사라도 감수할 아들 바라기로 '나는야(종덕모) 十遷之教'라는 말을 만든 장본인이었다. 어머니는 아들 교육만큼은 주위나 환경이 중요하다는 가르침을 누구보다 잘 이해하고 실행하셨던 분이셨음을 시인의 시조에서 읽혀진다.

이종덕 시인은 그의 시조를 통해 어머니의 마음까지 그려냈다. 자신이 홀로 공부하는 것을 안타까워하는 부모의 심정을 우회적으로 묘사한 부분이 '아들의 홀로 공부 가능성 판단 못해'라는 구절을 통해 애통한 어머니의 심정을 세밀히 묘사했다. 태양이 지고 뜨는 것처럼 우리의 인생에도 좋지 않은 날도 있을 수 있지만 더 좋은 날이 올 거라는 희망을 외치는 시조라고 보면 좋을 것 같다는 생각이 들게 하는 시조이다.

북변동 출발하여 광화문 직장까지
며느리 출근의 길 새벽의 다섯 시라
그래도 불평의 소리 한 음조차 안 들려

낮 하루 종일토록 회삿 일 시달리고
서울을 뒤로하고 김포로 돌아온 길
피로와 한 몸인데도 말과 행동 쾌활해

시어미 보살피랴 아들딸 챙겨주랴
힘 잃은 남편이라 밉기도 하겠건만
한 마디 행동 하나도 따로 가지 않누나

불행 중 다행인가 아들의 주의 사역
家庭事 어렵지만 자비량(自費糧) 봉사하네
내 마음 왜이리 좋지 새 희망이 보이네

– 시조 '고난을 넘어서는 며느리의 헌신' 일부

옛말에 마누라 자랑과 자식 자랑하는 사람을 팔불출이라 하여 좀 덜떨어진 사람으로 취급했다. 이런 맥락에서 시인 이종덕은 팔불출이다. 아니 스스로 자칭 팔불출이기를 원하는 시인이다. 그는 부모에게만 효를 다하는 신앙인이 아니라 아내에게도 모든 것을 다 내려놓을 줄 아는 소문난 애처가로 소문 자자하다.
시인은 글을 통해 성경을 알리기도 하고 종교인의 사명을 다하려는 모습이 간간이 보인다. 언젠가 시인은 그의 아내 시집을 손수 출간하며 극진한 사랑을 표현한 바 있다. 모든 삶이 신앙이고 모든 삶이 가족을 위해 움직이는 것이 전부인 시인이다.

시인은 그의 시조에서 북변동 출발하여 광화문 직장까지 매일 출퇴근하는 아내의 마음을 기억해냈다. 며느리로서의 시간과 한 남자의 아내로서 그리고 아이들의 엄마로서 그것도 모자라 한 직장의 직원으로서 한 톨의 빈틈도 보이지 않았던 아내를 시조를 통해 자랑하고 그녀의 공을 추켜세우고 싶었던 게다. 힘든 역경의 시간 속에서 시인은 주의 사역을 담당하는 사람으로 간택되었으니 이 얼마나 고맙고 다행스런 일이었을까? 이 모든 일이 아내 덕분이라 역설하는 시인의 마음에 필자는 참 대장부의 가치를 그의 시조를 통해 다시 배우게 된다.

이것이 섬망인가 이래서 치매인가
오가는 생각으로 행동을 표현 못해
신중한 내 말마저도 인정받기 어렵네

이러면 안 되는데 내 가족 짐이 되니
정신 줄 부여잡고 기도에 몰입하네
하나님 도와주소서 살피소서 이 가정

하루가 멀다 하고 떠나간 氣 때문에
공원길 산책하다 쓰러진 내 몸뚱이
청천의 벽력이구나 예고 없는 고난 길

하나님 주신 은혜 내 삶에 빨간불이
병원에 신세 진 일 오십 년 없었는데
오호라 찢어진 마음 돌이킬 수 없을까

내 생각 어디 있나 움직임 생각 따로
아득한 정신 상태 진료상 섬망이래
아들아 미안하구나 어떡하니 엄만데

– 시조 '내 인생의 행복' 일부

신앙은 의로운 삶에 좌우되는 것이다. 합당하지 않게 사는 사람은 신앙을 가질 수 없는 것이리라. 하지만 주님께서 주신 계명을 지키면 신앙이 생기며, 의로움이 커짐에 따라 신앙도 함께 자라고 커지는 것이라 알고 있다. 시인의 가족이 가진 신앙의 힘은 실로 어마어마하다는 것을 필자는 알고 있다. 사랑하는 어머니의 치매를 가족의 힘으로 지켜낼 수 있었던 것에는 강한 신앙의 힘이 존재했기 때문임을 아무도 부인할 수 없다는 사실은 결코 놀라움이 아니다.

신앙이 부족한 사람이 있다면 이종덕을 만나라. 그 이유는 하나님께서 주신 계명을 가장 잘 지키는 종교인 중 한 사람이 이종덕 시인이기 때문이기도 하고, 그의 효심을 종교를 넘어 배우라는 의미이기도 하다. 자신이 맡은 의무를 도덕과 양심을 다해 마무리하는 사람, 그 사람이 이종덕이다. 종교는 신성하고 맑은 것이 분명하다. 부모에게 해야 할 도리와 자식과 아내에게 지켜야 할 규율이 무언지를 알 수 없다면 성경을 읽든지 경전을 읽으면 된다는 사실을 시인의 시조를 읽으며 알게 되었다.

치매로 쓰러진 어머니의 상태를 알고 명사 청천벽력이라는 말을 빌려 맑게 갠 하늘에서 치는 날벼락이라는 표현으로 시인의 마음을 대신했다. 뜻밖에 일어난 큰 변고나 사건을 비유적으로 이르는 표현 중 이보다 더한 문법적 표현은 없다. 얼마나 두렵고 힘들었으랴. 주님에 대한 정성이 부족했다는 생각으로 얼마나 많은 회개의 시간을 가졌을까? 하는 생각을 하게 된 대목이다. 스스로 합당한 삶을 살아온 신앙인이라 자부했을 시인이지만 어머니의 상태를 지켜보는 그 순간의 심정은 아무도 알 수 없는 시인만의 아픔이 눈물 흐르게 했으리라는 생각에 필자의 가슴에서도 눈물이 흘렀다.

이종덕의 시조는 하나님이 허락하신 사역의 현장이며 시인은 그 사명에 충실하고 집중하는 사람이라는 것을 알 수 있었다. 이번 시조집을 통해서도 그 사명과 역할에 최선을 다하려 함이 글 여기저기에서 느껴졌다.

가시면 잊혀진다 위로를 받았지만
가신 날 늘어나도 그 모습 여전하네
구십 년 촬영된 영상 시시 때때 열리네

전국의 구석구석 어머니 다니신 길
어떤 땐 오름길로 때로는 내림길로
나에게 시온의 대로 만드셨던 고생길

효자네 불효자네 서로들 갑론을박
가시면 의미 없는 단어가 돼버리니
가슴에 남겨질 기쁨 살아생전 만드세

가슴을 적신 눈물 햇살에 말려볼까
순간에 간다 하는 시간에 태워볼까
어머니 사랑합니다 영원불변 내 고백

남기신 유언 듣고 인생길 바라보며
일상의 달려온 길 쉼 없이 가겠지만
실천할 주신 말씀을 우선 두고 살게요

– 6부 어머니, 감사합니다의 '나의 다짐' 전문

시인은 어머니께서 가신 날도 자식들의 편의를 위해 부부가 같이 있는 재택근무일을 택하셔서 가셨다고 묘사했다. 아침에 일어나면 제일 먼저 어머니 계신 방으로 달려가 노크도 생략하고 방문부터 연다는 시인, 그의 마음속에서 영원히 돌아가시면 안 된다는 바람은 영원히 변치 않을 시인의 마음임을 필자는 안다. 어머니와 함께했던 시간이 시온의 대로, 시온의 순례길이라는 생각으로 천국까지 가는 신앙의 나그네 여정이라 여겼던 시인이다. 하나님의 집을 사모하고 하나님의 품으로 달려가는 사람들은 분명 복을 지닌 사람이라 했다. 하나님께 힘을 얻는 사람, 시인의 어머니도 분명코 그런 분이시다.

하나님은 예상치 못한 곳에서 샘물을 허락하신다. 하나님의 집에 가까이 오는 자에게 뿌듯함을 준다는 사실을 어머니는 알고 계셨기에 임종 직전 하나님 영광을 위해 살라는 유언을 남기고 가셨다. 아무도 부럽지 않게, 그다음 유언이 이웃에게 덕을 끼치며 살라는 말씀을 주고 가셨으니 이 얼마나 훌륭한 어머니의 가르침인가! 남기고 가신 어머니 큰 사랑에 시인의 인생은 얼마나 넉넉할까를 생각하며 새삼 부럽기도 했다.

하나님이 지키시고 어머님이 나를 지키시는구나를 가슴에 품고 사는 시인의 믿음은 더욱 견고해져 가고 있으리라는 생각에 어머니의 사랑은 시인의 가슴에서 늘 함께 숨 쉬고 있다는 것을 확실히 알았다. 시온의 대로에 올라서서 시온의 순례길을 포기하지 않았던 시인에게 승리의 면류관이 있다면 어머니의 이름으로 씌워줄 것이라는 생각이 든다.

한국 기독교 역사 120여 년 동안 여러 기독문인들이 한국 문학 역사에 큰 획을 그어 왔던 게 사실이다. 우리가 너무나 잘 아는 윤동주 시인의 서시에서 "하늘을 우러러 한 점 부끄럼 없기를"이라는 표현에서 하늘은 윤동주가 지향했던 정신세계이며, 이는 곧 신의 세계라 이해하면 된다. 이종덕의 문학세계에서 그가 지향하는 최종 목적지는 예수 그리스도의 십자가로 향한다. 윤동주의 삶이 그랬듯 종교의 힘 없이는 오늘날의 윤동주가 후세 대대로 인정받고 존경받는 문학인으로 자리매김하게 될 수 없었을지도 모른다는 생각을 하는 것이 비단 필자만이 아닐 것이라는 생각에 이의를 제기하는 독자는 그리 많지 않을 것이라는 생각이 들었다.

어렵고 힘들게 건너왔을 이종덕 작가의 생도 어머니가 물려주신 유훈처럼 예수 그리스도 없는 삶이었다면 고통스러웠을지도 모른다는 느낌을 받은 것 또한 사실이다. 어머니 없는 그의 종교는 있을 수 없는 현실이며, 오늘의 작가를 있게 한 모든 역사의 걸음걸음에는 늘 어머니가 계셨음을 우리는 그의 시조집에서 발견하게 된다.

목사의 아들로 잘 알려진 김현승 시인, 여류 소설가 임옥인,

현존하는 시인 중 막대한 힘을 지닌 황금찬 시인도 기독 문학인을 대표하는 분들이다. 필자가 왜 여기서 이분들을 거론하는지를 궁금해하는 독자는 없을 것이다. 시인 이종덕 역시 이분들의 대를 이어갈 한국 기독문학의 튼튼한 한 축이 될 것이라는 사실을 알기에 그들의 후배 시인을 대표한 큰 작가가 되라는 의미로 이분들의 이름을 호명해 보았다.

한국 기독문학이 약간의 과도기를 넘어 조용하고 잠잠하다. 이는 한국문학 전체의 분위기와 별반 다르지 않은 현상이기도 하다는 생각에 필자의 의견도 같이한다. 권선징악, 윤회사상 등 불교문학이 제 자리를 다시 잡아가고 있는 반면 기독문학은 예전의 왕성한 활동에 비해 약간의 침체기를 거치고 있음은 부인할 수 없는 사실이다. 기독문학이 다시 인정받고 독자들로부터 더 큰 사랑을 받기 위해서는 이종덕 시인과 같은 젊고 바른 사상을 지닌 작가의 탄생이 많아져야 한다는 사실이다. 이종덕 시인의 이름이 모든 기독 문학인들의 자부심이자 자긍심이 되는 날이 곧 도래해 있음을 필자는 잘 알고 있다. 효의 사상과 기독 문학의 접목으로 한국문학 전체에 새바람을 일으킬 존재의 탄생에 문단은 다시 활기를 찾은 기분이다.

이종덕 시조집 「엄마의 사랑을 가슴에 품고」가 한국 기독문학을 대표하는 작품으로 어려운 시국 독자들과 함께 울고 웃기를 반복하고 널리 회자되기를 바라는 마음 간절하다.